@hotdudesreading 著

劉品均 譯

Hot
Dudes
Reading

紐約型男愛讀書

ATRIA BOOKS

New York   London   Toronto   Sydney   New Delhi

Instagram 上對 @hotdudereading 的回應

"我已經追蹤這個帳號很久了，而這是我做過最棒的決定！"
　　　　—@kathreens

"這帳號的主人必須……(chill but like in 20 years, not yet) 因為我很喜歡文字說明。"
　　　　—@katfang

"這個 IG 帳號超美妙的，是來自上帝的禮物。"
　　　　—@s_veazie

"你常常讓我擁有愉快的一天，謝謝你。很快地，你就會找到真命天子。"
　　　　—@tpwills

"因為這個 Insta 帳號，我也想學這些型男一樣在公共場所閱讀。"
　　　　—@jshulde

"追蹤這個帳號可能是我有史以來做過最好的決定。"
　　　　—@ohmeavocadohmy

"來看型男，也好好地閱讀文字說明。"
　　　　—@mflana

"娶我！我會煮飯也會打掃。"
　　　　—@theupwardfacingdog

"文字說明令人著迷。"
　　　　—@natexoh

"這帳號讓我早上願意醒來的理由。"
　　　　—@jackiecrespo

"超棒的！而且讓人開心的到不行。"
　　　　—@trippidy

"我覺得只有迪士尼才能創造出如此美好的事物。"
　　　　—@sylmamaaaa

"這個帳號真的是送給地球人的禮物。"
　　　　—@skowronskus

"我說真的，這些文字說明實在太厲害了，棒棒！"
　　　　—@amenaravat

"無論是誰經營這個帳號，我要跟你結婚！"
　　　　—@kristenannelies

"文字說明中的所有思緒一定都有受到上帝恩典，異常優美。你也好美。"
　　　　—@cassieperalta

送給我的 Instagram 追蹤者們，是你們讓這本書成真：我跟朋友們都很喜歡讀你們的留言，並且痴痴地望著一則又一則的回應。我們由衷感謝你們的支持！

給所有出現在這個帳號裡的帥哥們：你們很重要，而且非常可愛！

當然，還要跟他們說：我真心希望可以親自謝謝你們每一個人。（真的！請打電話給我！）

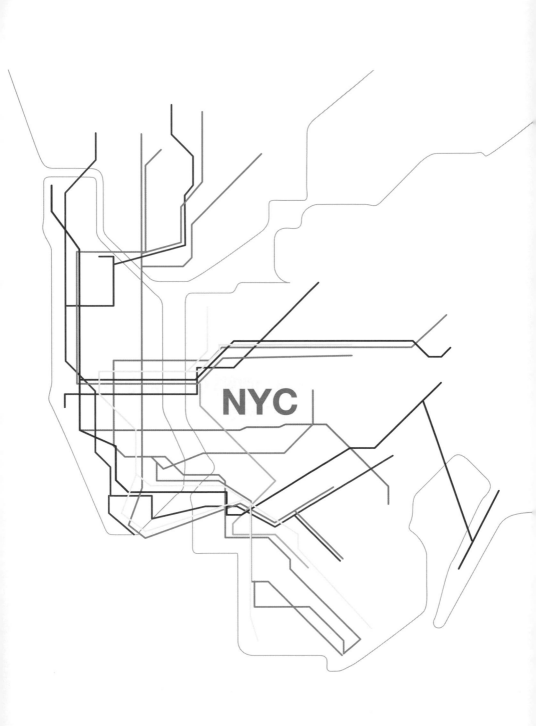

引言

Introduction

這是一本關於閱讀中的型男的書，不過，你可以等會兒再謝謝我們。

只有一個地方能讓我們獲得這本書的靈感：紐約———一座讓人擁有各種夢想的水泥叢林[1]。我從來沒想過拍攝地鐵上的陌生人這種不切實際的白日夢能在Instagram上擁有追蹤者，甚至還讓我跟朋友們一起合作寫了這本書。但，我們確實出書了。

故事就是從紐約開始的。身為這座城裡的單身住民，你會花太多時間思考自己的未來、在生活中想擁有的一切，以及想與之共度春宵的人。這座都市的活力是具有傳染力的，而且，當你努力在混亂中開創自己的一片天地時，這股活力會讓你時時充滿渴望。

這並不是說在這座都市裡對未來感到迷惘的人有多麼獨特。週間，上班可能已經遲到十分鐘了，帶著輕微宿醉的你卻還在地鐵月台等車，而F線列車從你眼前飛奔而過；週末時，你可能站在最愛的早午餐店前，臉抵著玻璃窗，企圖找到一個空位，喝上一杯血腥瑪麗（或還想吃點甚麼）；夏天時，你也許為了想到海邊去，擠在人滿為患的火車上好幾小時；又也許只想離開水泥建築、玻璃帷幕與鋼鐵構造成的牢籠，到中央公園去喘口氣。

當你困在沒有Wi-Fi的地底，或者在地面上卻吃不到班尼迪克蛋時，你就有心思東張西望了……。我跟我朋友最愛的就是幻想那些在

---

[1] 艾莉西亞・凱斯（Alicia Keys）的歌曲 New York 中的歌詞。

日常生活中跟我們錯身而過的男士是怎樣的人，然後我們會傳群組訊息跟彼此分享。我們全數舉雙手同意，比起那些滑手機的、在行進時腦中一片空白的，或戴著耳機讓音樂將自己與世界隔開的男人，閱讀書籍的男士們是最迷人的♥

　　2015年二月某個宿醉的日子，我們決定在Instagram上和全世界分享我們最鹹濕的白日夢。從那時起，我們和世上數萬人有了連結，這些人跟我們一樣喜愛正在閱讀的帥哥們。我們用這本書向早期支持我們的人表達謝意，讓她們有個能帶回家度過漫漫長夜的東西。

　　因在這座都市中旅行，才能有這本書，也讓我們緊緊相繫。為了尋找最帥的閱讀型男，我們在深愛的都市裡搭乘每一線地鐵，從A/C/E到J/Z。有時我們也會重複搭乘同一線地鐵，只為了再次與較早期出現在我們的Instagram中的男士相遇、訪問他們，以確定我們為他們所寫的故事是否正確。

　　因為妳們一路相伴，我們相信妳們也會認同無論哪一個季節、哪一條地鐵線，或者在哪個區域，都會有一個正在閱讀的帥哥成為你下一場夢的主角。你只要記得，Jay Z[2]與艾莉西亞說的沒錯：絕對不會有人……我的意思是說，不會有你在這座城市裡不能做的事。在這裡你將無所不能！

---

[2]　Jay Z 美國嘻哈音樂歌手、企業家，曾獲多次葛萊美獎。

DINER
Connect
The Stops
West 4 St Station
A C E B D F M
Elevator at West 3 St

A/C/E

我不是那種只挑自己喜歡的事做的人，但是在比較溫暖的月份，我還是會努力擠上夏天熱得要命的 A/C/E 線地鐵。妳可以在洛克威海灘（Rockaway Beach）發現裸上身的性感男性，在曼哈頓西側高速公路（the West Side Highway）看著裸上身的慢跑者，或者瞥見健壯迷人的男士正在中央公園休息。好了！我其實是有喜歡的菜的？就貼上 **# 你不懂我** 的標籤吧。

● 華盛頓高地─第168街
Washington Heights–168th Street

唷呼！上次我看到這麼多肉時，它們正泡在白酒跟奶油裡。這男士的肉或許跟那些大異其趣，但他看起來一樣秀色可餐，而我也餓了。也許我可以說服他邀請我共進晚餐。「請來一打生蠔。」──希望他聽得懂我的暗示。

#ShuckMe（扒光我吧）

○ 第96街
96th Street

我一直偷瞄這位謎樣的男士，但梅教授（Pro-
fessor Plum）和孔雀夫人[1]（Ms. Peacock）擋
著我。看來我得換個位置才行，離他近一點，
才能對他是哪種類型的男人理出點頭緒。打
賭我們可以共度一段迷人至極的時光，並且
好好地認識彼此。

#InTheConservatory（在溫室裡）

#WithHisPipe（和他的東西一起）

---

[1]　二者皆為1948年於英國首度發行的桌遊《妙探尋兇》（*Clue*®）中的角色。

● 中央公園
Central Park

我深受眼前美好的肌肉線條所吸引，幾乎沒注意到他身後的建築物。我浪費一整個午休時間在做波比操[2]（burpee）和伸展運動，希望他可以注意到我。無論他正在讀甚麼，那最好是本好書，因為這些草漬實在很難處理。

#ThereGoesThatPromotion（老王賣瓜）

2　結合深蹲、踢腿、伏地挺身以及跳躍的無氧運動，可以在短時間內將心跳率拉升到最大值。

時代廣場—第42街
Times Square—42nd Street

我只會為了到百老匯看戲而去時代廣場。但這個揹著背包的書蟲幾乎成為我前往時代廣場的第二個理由了。我已經為他把腿張開,期待這位 Hedwig [3] 的小弟弟很有力。

#MakeMeHitThoseHighNotes(讓我發出高潮的呻吟吧)

---

3. 音樂劇《搖滾芭比》(*Headwig and the Angry Inch*)中的主角,為隨愛人由德國柏林前往美國,不得不變性,可是手術失敗,陽具仍剩一小截。

● 第23街
23rd Street

第八大道這條地鐵線上有許多穿著極具格調的中城 [4]
（Midtown）男子，而且他們絕不會讓人失望。眼前的
這位也不例外。他的夾克非常合身，讓寬闊的肩膀看
起來非常有男人味，我忍不住腦補和他在寒冷的夜裡
進行前戲的畫面。如果我跟他說我的腿很冷，不知道
這種老套伎倆會不會再次成功。

**#NoJacketNoPantsNoProlem（沒穿衣服沒穿褲子沒有問
題）**

4　紐約曼哈頓島上最擁擠、繁華的區域。帝國大廈、洛克菲勒中心、中央車站、時代廣場、
　　第五大道……等著名大樓、交通樞紐與商業區皆位於此。

高架公園[5]
The High Line

哈利路亞！如果我沒看過其他更完美的人，坐在那兒的大男孩就像被神光照著的天上極品。在度過漫長難熬的一天後見到他，彷如遇見天使。好期待夕陽西下時出現在他那逐漸淡去的光環中，否則我無法想像當旭日初升時，他美好到無法直視的模樣。

#WontBeTheOnlyThingRising（太陽不是唯一升起的東西）

5　位於曼哈頓西邊，由甘士弗街（Gansevoort Street）延伸到第 34 街，總長度約 1.5 公里，於 2009 年 6 月開放。此高架公園前身為運送肉品的高架鐵道，80 年代起荒廢失修，廢棄 30 年後重整，但保留原本之鐵軌與枕木。行走於高架公園上可盡覽曼哈頓城區風光與哈德遜河景色。

西4街─華盛頓廣場
West 4th Street–Washington Square

號外！號外！大家來看看哦──紐約地鐵裡有帥哥出沒。這樣的標題我無論看幾次都不會膩，尤其是這位瀟灑男子出現在頭版的話。覺得我的新聞學學位即將派上用場，因為我即將進行一場能讓伍德沃德（Woodward）和伯恩斯坦[6]（Bernstein）都引以為傲的調查。

#AndDeepThroatToo（也是深喉嚨）

#ThingsILearnInCollege（大學教我的事）

6　Bob Woodward 與 Carl Bernstein，為揭穿「水門事件」醜聞的二名《華盛頓郵報》記者。

○ 運河街
Canal Street

鑒於他正在讀的書，我可以判斷這位可愛到不行的分析家對商業很在行，而且非常風趣。他正在讀《蘋果橘子經濟學》[7]（*Freakonomics*），這表示他一定對隱藏在事物背後的一切有興趣，怎麼這麼巧我也是呢♥希望可以對他進行貼身研究，以確認他的手是否為唯一偏左的身體部位。

#LetsSeeThatDemandCurve（讓我們思考一下需求曲線）#AndTheInflationRate（還有通膨率）

7　原作者為李維特（Steven D. Levitt）與杜伯納（Stephen J. Dubner），中文版譯者為李明，
　　2010 年由大塊出版社出版。

● 世貿中心
World Trade Center

這座車站讓我懷疑自己是否從地鐵被傳送到企業號（Starship Enterprise）上了，因為眼前這位完美的標本實在帥到很不科學。如果有任何一個星球，上面有如此無瑕的生物四處漫步，那麼，不要遲疑，啟動引擎吧——我已經準備好發射火箭了。

#StageFiveKlingOn[1]
（偶要 24 小時捻遮尼）

1　Stagefive Clinger 電影《婚禮終結者》裡的用語，形容對象很黏人。

　　Klingon 是一種人造語言，為電影《星際迷航記》中外星人的語言。

布魯克林大橋公園
Brooklyn Bridge Park

瞄到這匹不修邊幅的種馬時，姐姐我正在水邊享受日光浴 ing。由他的夏威夷衫和閱讀地點選擇的品味判斷，我打賭他是喜歡出走到遠方的類型。看著他，我已經開始在盤算蜜月時要住哪種套房、在海灘上喝邁泰 [8]（Mai Tai）、日落時一起去按摩。人家想跟他纏在一起……。#JustLeiMe（撩慾我吧）

8　由白色蘭姆酒、金色蘭姆酒、庫拉索柑橘酒、杏仁糖漿、現榨萊姆汁調製而成的雞尾酒。

大街
High Street

我剛是踏入 A 線列車，還是在約翰休斯[9]（John Hughes）電影裡瘋狂追愛的帥哥身邊醒來？自從傑克萊恩[10]（Jake Ryan）讓我們所有人的生日願望成真之後，還沒有出現過哪個穿法蘭絨格紋衫的男孩能如此令人著迷的。這班列車也許不是電影裡那輛紅色保時捷，我還是願意為他翹課，合組屬於我們二人的早餐俱樂部。

#ReservationForBabeFroman（預訂 Babe Froman[11] 香腸）#SausageKingOfNewYork（紐約香腸大王）

9　美國電影導演，有「青春電影教父」之稱。80 年代，美國 YA（young adult）電影盛行，此類電影主題圍繞在青少年成長過程中所面臨的課業問題、感情困擾與對未來的迷惘。約翰休斯執導之《少女十五十六時》（Sixteen Candles）、《早餐俱樂部》（The Breakfast Club）、《七個畢業生》（St. Elmo's Fire）、《紅粉佳人》（Pretty in Pink）、《翹課天才》（Ferris Bueller's Day Off）即為此類電影代表作。除了 80 年代的 YA 電影，紅極一時的《小鬼當家》亦為約翰休斯的作品。

10　電影《少女十五十六時》角色之一，由麥克史考夫林（Michael Schoeffling）飾演。

11　位於邁阿密的香腸製造商。

百老匯交會站
Broadway Junction

只消看一眼這位皮膚黝黑發亮的男士，我的就覺得日子更有希望。沐浴於陽光中好幾天之後，我賭他一定很難重新適應都市生活。所以我自願當他的歡迎大會主席，讓他能更輕鬆地重新融入，以防想再度出走。

#DontMindTheHandcuffs（就算戴戴手銬也不介意）

● 洛克威海灘
Rockaway Beach

就在我翻身曬背的時候，我注意到這位正在閱讀而且壯碩結實的帥哥。在這裡當然不需要上衣，而他是這種情境下更為優秀的風景，尤其他看起來就是聰明、沒有包袱。這位哥哥，在你的沙灘巾上挪點空位給我吧！我會告訴你我的 GTL 代表什麼。

#Gym（健身房）#Tan（膚色黝黑）
#Lovemaking（翻雲覆雨）

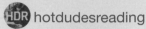

hotdudesreading 在看了這位脫俗的雕像一眼之後，我的心就被他佔滿了。他是完美的典範，是米開郎基羅刻刀下大衛和和活生生的肯尼巴比的綜合體。只要某個特定部位不像大衛或肯尼，我願意讓這帥木偶變成真的小男孩。

#WasThereAMarbleShortage?（跟彈珠 [12] 一樣小嗎？）

#WhySoSmoothKen?（肯尼好嫩？）

#hotdudesreading（閱讀型男）

字裡行間：

與班‧K——又名「脫俗的雕像」(Stoic Specimen)——對談

HDR： **被我們拍到時，你正在讀甚麼書？**

班‧K：當時我正在讀史蒂芬‧金（Stephen King）的《末日逼近》[13]（*The Stand*）。

HDR： **你的職業是？**

BK： 我目前以模特兒為業。

HDR： **每個人都有個起點⋯⋯你最喜歡的童書是哪一本？為什麼？**

BK： 我記得自己非常喜歡《吊帶褲小熊》[14]（*Corduroy*）。我相信這是我人生中第一本書。很喜歡睡前跟姊妹們一起讀《歐普斯晚安》[15]（*Goodnight Opus*），我會永遠記得書裡的插圖。

HDR： **你最愛的書或作家是？為什麼？**

BK： 我最愛的作家是杜斯妥也夫斯基（Fyodor Dostoyevsky）。我愛他愛到所有的寵物都以他為名。

---

12 原文 marble 亦有「大理石」之意。

13 繁體中文版由陳榮彬翻譯，皇冠出版社於 2013 年出版。

14 書名暫譯，目前無中譯本。原作者為 Don Freeman。

15 書名暫譯，目前無中譯本。原作者為 Berkeley Breathed。

HDR：你真的是很老派的人啊！（超帥！）是甚麼原因讓你選擇紙本書，而不是 Kindle 或其他數位閱讀平台？

BK：我還沒愛上用 Kindle 閱讀。坦白講，我很怕 Kindle。我怕自己愛上它的便利，然後無法放手。我就有朋友深受吸引，結果在暗巷裡因為電子書而做出令人難以啟齒的事。如果可以避免的話，我不想踏上他們後塵。

HDR：無論男性或女性，你覺得能讓一個人看起來最性感的讀物是？

BK：任何能說明她是聰明人的讀物，像是戴夫 · 皮爾奇 [16]（Dav Pilkey）或是瑪格麗特 · 懷茲 · 布朗 [17]（Margaret Wise Brown）的書。

HDR：精裝書或平裝本？

BK：我偏愛平裝本。

HDR：請告訴我們當你初次看見自己出現在 @hotdudereading 的帳號中時有甚麼感覺？快！

BK：非常興奮。我會知道自己出現在你們的帳號，是因為我朋友在回應中貼我標籤。我看到時簡直無法相信。

HDR：出現在我們的帳號裡是否讓你的生活有所改變？

BK：我喜歡把自己想成還是以前的我。當我把海報掛到牆上時，我告訴自己不能讓這則 Instagram 貼文沖昏頭。我曾看過 Behind the Music，所以知道追星族對生活有甚麼影響；她們如果出現了，我會有禮但嚴厲地告訴她們我沒興趣。

HDR：你是否因為照片出現在我們的帳號上而跟任何人約會？有沒有發展出長期的關係？我是說……你單身嗎？你會跟我約會嗎？

BK： 我單身，但我沒有因為這則貼文而跟任何人約會。確實有位男士因此傳訊息給我，問我願不願意當伴遊，但我不認為這叫「約會」。

HDR： 差不多的問題。你有沒有用出現在我們帳號上的照片來釣女人／男人？

BK： 有次我試著要挽救一段出軌的戀情時，就用這張照片來證明我對社會還是有貢獻的。九個月後，這位迷人的女性跟別的男人生了個男寶寶。但，是誰的種呢？

HDR： 老實說，你有沒有因此而獲得性愛？

BK： 讓人難過的是，沒有。但是，某個喝過頭的夜晚，隔天早上我在一節廢棄的車廂中裸體醒來，周圍是還沒燒盡的蠟燭，我胸前被用豬血畫了個倒五角星[18]。所以……也許？

HDR： 延續前一個問題，你覺得我們做的是可以激起人類天生慾望的事嗎？

BK： 喔！當然是啊！

---

16 美國漫畫家，著有《內褲超人》（*Captain Underpants*，中文版由小天下出版）、《瑞奇的超強機器人》（*Ricky Ricotta's Mighty Robot*，書名暫譯，目前無中譯本）、《狗人》（*Dog Man*，書名暫譯，目前無中譯本）等系列書籍。

17 美國兒童文學作家，著有《月亮晚安》（Good Night Moon，中文版黃迺毓譯，2003 年由信誼出版）、《小島》（*The Little Island*，中文版楊茂秀譯，2005 年由小魯出版）、《重要書》（*The Important Book*，中文版楊茂秀譯，2011 年由青林出版）、《跟小鳥道別》（*The Dead Bird*，中文版賴嘉綾譯，2016 年玉山社出版）等書。

18 倒五角星是撒旦的符號，形似山羊頭，是邪惡的代表。加上聖經中禁「吃血」以與異教有別，更突顯此行為之禁忌性。

L

L 線地鐵┃在周末時的搭乘率可能是最低的，但如果想遇到閱讀中的帥哥的話，L 線絕對是首選。我甚至不在意聽到「L 線很弱」之類的話，因為一旦得離開布魯克林，我知道自己也會沮喪。

#BoundForBEDFord （前往睡得福）

┃ 運行於曼哈頓與布魯克林之間的東西向列車。為維修因 2012 年珊迪颶風而受損的隧道，將於 2019 年開始停駛十八個月。

● 蒙特羅斯大道
Montrose Avenue

瞧那有如上天神作、結實精壯的手臂——這男人絕對是我想一口吃下的菜。我打賭在遇到危險時，這個讓人想抱緊著布希維克男人一定會為所愛挺身奮戰，說不定還會變身為綠巨人浩克。壞人不會冒著生命危險待在他附近，就像他的襯衫也無法包圍他一樣。

#TheIncredibleHunk（綠巨人浩克）

○ 葛萊翰姆大道
Graham Avenue

這位一身黑，而且散著一縷捲髮的凱魯亞克[2]書迷完美地重新詮釋垮世代[3]（Beat Generation）氣息。他自己說不定也寫詩，甚至可以背誦金斯堡[4]（Ginsberg）的完整作品，還可以由任何一段開始。嗨，老兄[5]！如果你突然卡住，我可以幫你。#IKnowHowToMakeAManHOWL（我知道如何讓男人嚎叫）

2　《在路上》（*On the Road*）作者傑克・凱魯亞克（Jack Kerouac）。本書中文版由何穎怡翻譯，2012 年由漫遊者出版社出版。

3　Beat Generation 一詞為傑克・凱魯亞克在 *On the Road* 一書中首度使用，用以描述二戰後不追求物質繁榮與享受的 50 年代青年。他們不與當下的社會氛圍同道，重視的是心靈上滿足與感官刺激，所以過得隨性、拒絕習以為常的文學形式、熱愛爵士樂與詩歌等藝術、對東方宗教充滿興趣，亦縱情於毒品、性愛。

4　艾倫金斯堡（Allen Ginsberg），美國詩人，垮世代代表人物之一，長詩〈嚎叫〉（*Howl*）之作者。該詩出版時曾因「影響兒童身心」為由而遭美國海關查扣，致詩集無法於英國發行。

5　原文使用「Daddy-O」，是 50 年代中期至 60 年代間垮世代之用語，類似今日美語中的「dude」，但更具有嬉皮意味。

麥卡倫公園
McCarren Park

美好的秋日天氣催促我出門走走，所以看見這位穿格子衫的王子已經打扮好可以一起去挑南瓜[6]時，心想真好！我希望他不介意弄髒那雙好看的白色帆布鞋，因為我正計畫在乾草堆裡為他導覽一番。#OneHelluvaHayride（美好的無篷卡車夜遊[7]）

6　原文 pumpkin-picking 亦有做愛或至少進入親密的肌膚撫摩階段。

7　原文 hayride 是美國傳統的秋季活動之一，秋收後大家乘坐裝有乾草的無篷卡車夜遊。

● 東河州立公園
East River State Park

早上慢跑時，看到這位全身藍的帥哥就再也不想前進了。他看書看得入迷，我敢打賭他完全沒發現過去五分鐘我都假裝在綁鞋帶。希望他會抬起頭來，然後愛上所看到的景象，如同我愛上眼前的風景一樣。#LoopSwoopAndPullMeIn（繞一個圈綁住這位帥哥）

● 聖馬克廣場
St. Mark's Place

如果這位火辣的帥哥拿著一杯濃烈的咖啡等在外頭，那麼我的咖啡因成癮症就不會是唯一把我帶向咖啡館的因素。大家總說希望自己的男人就跟自己喜愛的咖啡一樣。我的確同意：早上的第一件事。

#AndAgainInTheAfternoon（下午也要）

#OnceMoreAfterDinner（晚餐後再來一次）

第三大道
Third Avenue

在 L 線上穿得如此正式？這位誘人的企業家今天絕對談成了一筆大生意。他帥到無論賣的是甚麼，我都願意下單。橘子香味的衛生紙？我得來個一包。要裝電池的電動剪刀？合情合理！能讓小貓呼嚕嚕的貓跳台？我買二組！#IDontEvenHaveACat（我根本沒有貓）

第14街—聯合廣場
14th Street–Union Square

好幸運喲！這位女子好述的型男——在迢迢的返家通勤電車中一坐下來我就拍到了。從鮮嫩色的外套和狂野襪子看來，他顯然不怕展現自己最愛的顏色。事實上他成功了，因為我也想讓他看看我的。#NudeGoesWithEverything（裸體跟什麼都百搭）

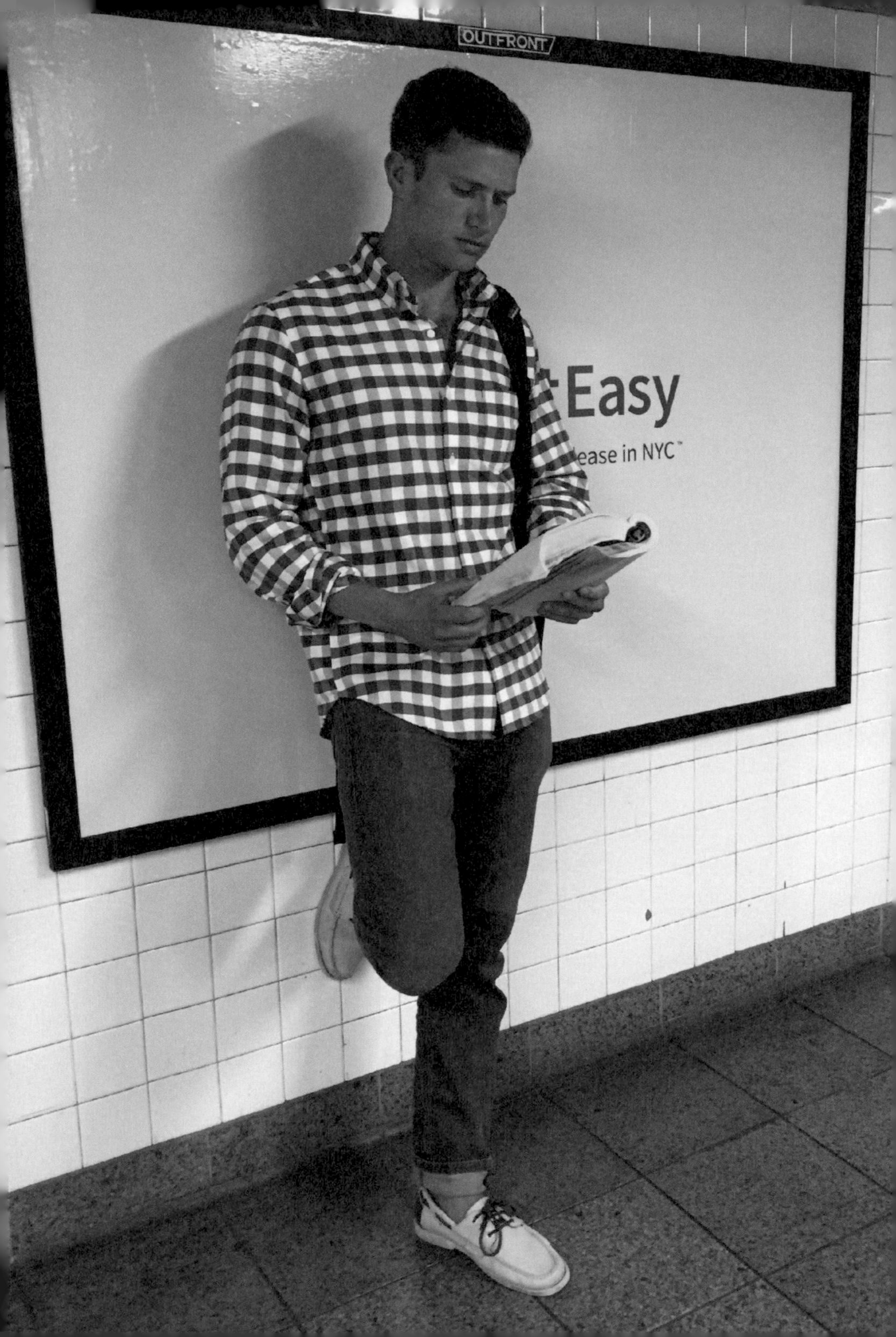
OUTFRONT
Easy
ease in NYC™

第八大道
Eighth Avenue

還有什麼方式比在米特帕金區 [8]（Meatpacking District）這裡結束在這座都市裡最迷人的地鐵線的旅程更好？我好想請這位秀色可餐的帥哥為我導覽，告訴我這區域的種種名稱是怎麼來的。也許我應該接受他身後看板的暗示，放慢步調。但如果他開始行動了，那我也是不會拒絕啦。

#LikeTakingCandyFromABabt（就像從寶寶手中拿走糖果）

8　此區原為屠宰場聚集之地，但 80 年代屠宰場紛紛倒閉後，便成為廢棄荒蕪之地。2009 年高架公園（The High Line）開放，此區由犯罪溫床成為最能代表時尚的黃金地段。

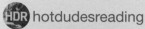

♥ 31,842 likes ⚪ 1,506

hotdudesreading 這位要前往布魯克林的小寶貝擁有絕佳的藝術家氣息。他不是要到麥卡倫公園去擔任飛盤（Kan Jam）比賽的裁判（那也是件事好嗎），就是剛結束《陰間大法師三》[9]（Beetlejuice 3）的試鏡。希望是後者，因為我確定這位一定能讓我連喊三聲他的名字。

#TakeMeToYourNetherWorld[10]（往你的祕境走）

#hotdudesreading（閱讀型男）

字裡行間：

與蘭姆茲‧M——又名「陰間帥法師」(Beetlejuice)——對談

HDR：被我們拍到時，你正在讀甚麼書？

蘭姆茲‧M：當時我正在讀戴夫‧艾格斯（Dave Eggers）的《梭哈人生》[11]（*A Hologram for the King*）。

HDR：你的職業是？

RM：　我是尼克兒童國際頻道（Nickelodeon）的資深設計師。

HDR：每個人都有個起點……你最喜歡的童書是哪一本？為什麼？

RM：　哈哈，是一本叫做《蜘蛛阿朗西》[12]（*Anansi the Spider*）的書。這本書改寫自西非神話，講月亮如何在天空中找到自己的位置。這本書的繪者真的很厲害。

HDR：你最愛的書或作家是？為什麼？

9　由提姆‧波頓（Tim Burton）執導，1988 年上映的恐怖喜劇片，充滿黑色喜劇氛圍。劇中的「陰間大法師」由米高‧基頓（Michael Keaton）飾演。唯導演僅在 2016 年時透露將開拍續集，但仍未上映。因此實際上並無第三集。

10　英文 netherworld 有「陰間」、「秘密的地方」、「下層社會」等義，於此使用本字具有雙關之趣味。

11　繁體中文版由江宗翰翻譯，高寶出版社於 2016 年出版；曾被改編為同名電影，由湯姆‧漢克斯主演（Tom Hanks），2016 年 6 月於台灣上映。

12　本書為傑拉德‧麥克德默特（Gerald McDermott）改寫西非洲迦納（Ghana）阿散蒂（Ashanti）地區神話之作品，曾獲 1973 年凱迪克繪本獎（The Caldecott Medal），目前無中譯本。

RM： 戴夫・艾格斯。一直以來我都是他的書迷，我最近讀他的《揭密風暴》[13]（*The Circle*），欲罷不能。本書揭露許多資訊時代中值得關注的隱私問題。

HDR：你真的是很老派的人啊！（帥到不行！）是甚麼原因讓你選擇紙本書，而不是 Kindle 或其他數位閱讀平台？

RM： 我們盯著會發光的螢幕看的時間夠多了。我喜歡有如捲起狗耳朵[14]一樣用手指翻頁的觸感。讀完書就像打獵後獲得動物標本作為獎賞一樣。

HDR：無論男性或女性，你覺得能讓一個人看起來最性感的讀物是？

RM： 哈哈⋯⋯這問題好複雜阿。我覺得讀布考斯基[15]（Bukowski）的人很性感，還有閱讀垮世代詩人與作家作品的人也是；卡繆（Camus）、尼采（Nietzsche）的作品；《動物變形記》[16]（*Animorphs*）、《雞皮疙瘩》[17]（*Goosebumps*）；謝爾・希爾佛斯坦[18]（Shel Silverstein）的作品。

HDR：精裝書或平裝本？

RM： 平裝本便於攜帶，較容易在移動中閱讀。精裝本擺在書櫃上比較好看就是了。不過書本來就是要讀的，所以我選平裝本。我知道，這答案一點也不性感。

HDR：請告訴我們當你初次看見自己出現在 @hotdudereading 的帳號中時有甚麼感覺？快！

RM： 我兒時好友傳了一張螢幕截圖給我。說真的，我超訝異──我是知道自己長得沒有亂七八糟，但比起出現在這帳號裡的其他男士，我覺得自己跟醜小鴨沒兩樣，覺得受寵若驚。搭配這張照片的註解幫我朋友們做了許多取笑我的梗。無論是誰寫的，都可以上電視了。或寫一本書。

HDR：出現在我們的帳號裡是否讓你的生活有所改變？

RM： 沒多大改變，真的。是有二個約會對象問過照片裡那人是不是我。還有，我想我前男友看到了（所以超爽 der）。至於我媽，她驕傲的不得了。

HDR：你是否因為照片出現在我們的帳號上而跟任何人約會？有沒有發展出長期的關係？我是說……你單身嗎？你會跟我約會嗎？

RM：哈哈，我不能說自己飢不擇食。聽起來很低俗，不會嗎？嘿！你看！我出現在這個 Instagram 帳號ㄟ，所以你應該跟我約會！我目前單身，所以，打電話給我吧！

HDR：差不多的問題。你有沒有用出現在我們帳號上的照片來釣女人／男人？

RM：從來沒有過。

HDR：老實說，你有沒有因此而獲得性愛？

RM：我不知到有沒有直接關係，不過我曾經跟看過這張照片的人做愛，他們覺得很逗趣。

HDR：延續前一個問題，你覺得我們做的是可以激起人類天生慾望的事嗎？

RM：榮耀歸主，平安歸世人。阿門。[19]

---

13 繁體中文版由龐元媛翻譯，天下文化於 2014 年出版。

14 英文書頁或報紙角落捲起的部分稱為 dog-eared page。

15 德裔美國詩人、小說家，作品側重於描寫處與社會邊緣的貧困人士之生活，《時代周刊》稱之為「下層階級的桂冠詩人」。已在台灣出版之繁體中文版作品有《進去，出來，結束》（*Hot Water Music*，巫士翻譯，圓神出版社於 2004 年出版）、《常態的瘋狂》（*Tales of Ordinary Madness*，巫士翻譯，圓神出版社於 2004 年出版）、《鎮上最美麗的女人》（*The Most Beautiful Woman in Town & Other Stories*，巫士翻譯，圓神出版社於 2003 年出版）等書。

16 美國童書作家艾波葛特（K. A. Applegate）所創作的科幻小說系列，目前無中譯版。

17 由有「兒童文學界的史蒂芬・金」之稱的美國童書作家 R. L. 史坦恩（R. L. Stine）創作的恐怖小說系列，繁體中文版由陳昭如等人翻譯，商周出版社出版。曾改編為電影《怪物遊戲》，於 2015 年上映。

18 美國繪本作家，亦為詩人、歌手、作曲家……，其台在灣出版之中譯作品有《閣樓上的光》、《愛心樹》、《一隻向後開槍的獅子》等書。

19 此為天主教彌撒聖歌《光榮頌》之頭二句歌詞。

1/2/3

注意！你正踏入警戒區。搭乘這幾條地鐵線很危險，因為有數也數不清的帥哥。你可能會撞上一位正趕著去上課的帥氣研究生，或者發現自己正跟一位博靈格林[1]（Bowling Green）的書蟲比賽互相凝視。只要你找對象，剩下的事就跟數 123 一樣容易（easy）了。

#JustLikeMe（就像我一樣）#JK（開玩笑的）
#Kinda（其實也不算是）

---

[1] Bowling Green 位於百老匯南端，為紐約曼哈頓金融區內的一座小型公園，是紐約最早的公園。標誌性的華爾街銅牛及位於此公園。

● **哥倫比亞大學**
Columbia University

由大學校園開始我的一天，當然也會好好上課。遇見
肌肉和頭腦一樣發達的帥哥是校園生活的福利，這位
助教尤是如此。我也許會在辦公時間短訪一下，然後
告訴他 T&A 真正含意。

#HandsOnLearning（做中學）

◯ 72街
72nd Street

由被翻爛的書頁和用膠帶補強來判斷，這是個知道自己喜歡什麼，而且不斷回溯以獲取更多的人。他也一定是會規律地出現在相同地方的人。我覺得這些只是早晚的問題而已—他時常出入的餐廳服務生知道我要點什麼、與他熟識的酒保直接在我杯子裡倒入我常喝的酒、他的大樓管理員每天晚上揮手與我問好。

#AndOutEveryMorning（還有每天早上與我道別）

● 哥倫布圓環
Columbus Circle

當講到《愛之語：兩性溝通的雙贏策略》[2]（*The Five Love Languages*）時，我總弄不清自己說的是哪一種愛之語。但我敢打賭這位聰明的金髮帥哥能流暢地列出所有的，說不定他還可以為我翻譯，並協助我達到通盤的了解。偷偷地告訴你──我從來沒那麼擅長外語過。

#ButHisWillDoJustFine（他會就好了不是嗎）

2　原作者為蓋瑞・巧門（Gary Chapman），繁體中文版由王雲良翻譯，2016 年由中國主日學協會發行。

● 34街─賓州車站
34th Street–Penn Station

我不喜歡待在賓州車站，但這位古典帥哥讓我願意容忍這個狹如監獄般的地方。看見一位自信十足、穿著純白 T 恤的帥哥，總能讓人精神為之一振。他可以跟馬龍白蘭度[3]（Marlon Brando）、詹姆斯狄恩[4]（James Dean）、亞當李維[5]（Adam Levine）並列……不過我想把他列為另一張清單的第一位。

#AnotherNotch（又一個帥帥）

#ThisBeltISGettingTight（皮帶愈來愈緊嘍）

3　美國電影演員，曾獲第 27 屆《岸上風雲》與第 45 屆《教父》奧斯卡金像獎影帝。

4　美國電影演員，演出《天倫夢絕》、《養子不教誰之過》、《巨人》三片。因車禍而英年早逝。

5　美國搖滾音樂團體魔力紅（Maroon 5）主唱。

● **克里斯多福街長堤**
Christopher Street Pier

這男人認真的嗎？留著精緻的落腮鬍、頂著完美的包子頭、佔著首選的閱讀地點。這個戰無不克的帥哥，美到好不真實。如果不是他躺在那長椅上如此舒適的模樣，我會窩到他旁邊去，然後在他身邊呢喃——他不是唯一一個喜歡平躺的人。

#AndVertical（站著也行）#AndDiagonal（斜對角也ok喲）#WHATDoesThatEvenMean（我到底在說什麼）

40號碼頭
Pier 40

這位性感的前鋒必定是在下一場比賽前看書殺時間。我想成為第一個被選中，協助他暖身的人。通常我會離運動場子很遠，以免球打到我鼻子，但為了他，我願意破例。希望我能撐過他的訓練。

#ThereGoesMySocialLife（這就是我的社交生活）

休士頓街
Houston Street

時間點超完美──我們即將抵達這班車
的終點站，而他剛好也快讀完這本書
了。我應該很迅速的坐到他身旁去，提
議可以邊喝酒邊討論這書的內容（我根
本沒讀過就是了）。沒關係！反正我以
前也曾經在更重要的對話中假裝過。
#Only5to7DrinksAWeekDoc（醫生說每
週只能喝 5 到 7 杯）#ISwear（我發誓）

○ **寶琳格陵**
Bowling Green

這位讓我看到出神的時髦文青，穿著在曼哈頓金融區（FiDi）處處可見的西裝，卻別有風情。尤其是那露在襯衫外的刺青，讓人家想知道他袖子底下還有甚麼令人驚喜之處。

#OrDownHisPants（或者褲子裡的）

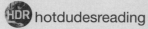

hotdudesreading 忘了 #manbunmonday[6] 吧！我可以預見自己
養成習慣，平日每隔一天就會看見這位壯碩的男士，周日則是二次。
他看起來像是強悍卻又心思細膩的 CrossFit[7] 教練，他的課大家都想
上，也總是一位難求。但那些瘋狂健身的人一定看不到我將見到的模
樣──頭髮散落、結實的身體泡在滿是泡泡的浴缸中，周邊點滿蠟燭
看著書。

#UpCloseAndPersonalTraining （貼身個人訓練）

#hotdudesreading （閱讀型男）

字裡行間：

與BR──又名「丸子頭」(Man Bun) ──對談

HDR：被我們拍到時，你正在讀甚麼書？

BR：　當時我正在讀《紅樓夢》（*Dream of the Red Chamber*）。

HDR：你的職業是？

BR：　我目前是 BrightEdge[8] 新營運團隊的業務經理。

HDR：每個人都有個原點⋯⋯你最喜歡的童書是哪一本？為什麼？

BR：　雖然了無新意，但我最愛的童書是《哈利波特──神秘的魔法石》，當然，能因此交到英國朋友是最值得的！[9] 世上不會有任何一本書比它更好。我不只是讀這本書，而是背這本書。至今我仍為書裡以易讀且令人讚賞的文字創造出複雜的句型結構感到驚喜。在年紀進到二位數的現在閱讀這本書，讓我知道在正確的時間發現一本對的書是什麼感覺。

HDR：你最愛的書或作家是？為什麼？

BR：　我讀很多圖像小說（graphic novels），以及現當代小說中的 pepper。這是不能明說的快感？我也讀傳記成癮。我最愛的作家是威廉・史岱隆[10]（William Styron）、恰克・帕拉尼克[11]（Chuck Palahniuk）、威廉・布洛斯[12]（William Burroughs）（我腿上有個刺青，這圖案最精華的部

6　由泰勒・富蘭克林（Taylor Franklin）所創立的 Instagram 帳號，以綁包子頭（man bun）的男士為發文主題。追蹤該帳號的粉絲將近 20 萬。

7　美國健身公司，為葛瑞格・葛拉斯曼（Greg Glassman）於 2000 年所創立，與簽約健身房合作，提供各式健身計畫。

8　美國搜尋引擎優化（SEO）公司。

9　BR 所說的是英國版書名 *Harry Potter and the Philosopher's Stone*，而非美國版書名 *Harry Potter and the Sorcerer's Stone*。

分就是布洛斯的眼睛。）童妮・摩里森[13]（Toni Morison）、查理・布考斯基。還有很多其他作家我也喜歡。

HDR：你真的是很老派的人啊！（帥慘了！）是甚麼原因讓你選擇紙本書，而不是 Kindle 或其他數位閱讀平台？

BR：探索一本書令人開心——走進地區書店或市區書店買書，然後帶回家，翻開並閱讀。當我在社群媒體上、紐約時報或華爾街日報的書評……獲知新書訊息，我會去找這些書，雙手捧讀，藉此減少使用電子產品的時間。我會用 iPad 看 DC[14] 的漫畫，或者商業、銷售類書籍，但看著任何離我二英尺之近又會發光的東西，都讓我覺得自己在工作。

HDR：無論男性或女性，你覺得能讓一個人看起來最性感的讀物是？

BR：這問我就不對了。就像這句諺語所說：「不要以封面評斷一本書」，我們也不能以一個人正在讀的書來判斷對方是怎樣的人。「嘿！坎特伯里故事集[15]（Canterbury Tales）！你覺得如何？」「嗯……就是……喜歡啊……不知道怎麼說欸！教授。」

HDR：精裝書或平裝本？

BR：在家讀精裝書。你可以慢慢地將書頁整齊地折起來。喔！書這種樣子真美！不過出門的話我會帶平裝本。面對現實吧！平裝本才帶得出門。把她塞進背包裡、在擁擠的車廂中翻開她、在沙灘時把她捲起來、不小心弄濕時也沒什麼大問題。平裝書是移動中的故事。我說了甚麼？平裝書。我投平裝書一票。

HDR：請告訴我們當你初次看見自己出現在 @hotdudereading 的帳號中時有甚麼感覺？快！

BR：我女友的朋友們傳了好多訊息給我，表達支持。好幾年沒聯絡的高中時期的朋友則是傳了很多揶揄我的簡訊。我覺得有點害羞，因為被拍到時才剛開始讀這本書，只有 20 頁的深度應該沒辦法讓網路上的人們留下最佳印象。

HDR：出現在我們的帳號裡是否讓你的生活有所改變？

BR：現在我生活中有二種奇怪的測量數字：Instagram 上的按讚人數超過四萬，還有五千則以上來自世界各地的個人回應。感謝我女友的家人，我現在是俄亥俄州托雷多（Toledo, Ohio）的紅人了。工作有產

生一點點困擾嗎？我喜歡工作因此而產生一點點困擾嗎？二個問題的答案都是肯定的。

HDR：你有沒有好好利用出現在 @hotdudesreading 上的照片？

BR：　沒有機會欸。不過朋友一說我現在在 Instagram 上很紅，話匣子就打開了。這件事也確實是最好的交友工具，當被發現我已有女友時，這些為出現在 HDR 上的瘋狂的單身女孩們仍然願意和我當朋友。

HDR：老實說，你朋友有沒有因此而發展出性關係？

BR：　每個和我一起去酒吧的朋友都覺得他們至少有百分之一的機會因此受女孩青睞，所以如果我們去了一百次的話，說不定會有一次成功的。

HDR：延續前一個問題，你能確定我們做的是可以激起人類天生的慾望的事嗎？

BR：　繼續進行下去吧！以文字傳達你們對閱讀中的通勤者帥哥們的想法，這也是一種福音。HDR 俱樂部裡還有更多令人驚豔的臉孔嗎？我願意成為追隨者與佈道者——而且我會是有耐心又溫和的老師。

10　《蘇菲的抉擇》（Sophie's Choice，獲 1980 年美國國家書卷獎，並改編為同名電影，女主角梅莉史翠普以此片拿下第一座奧斯卡最佳女主角獎）、《奈特杜納的告白》（The Confessions of Nat Turner，或 1968 年普立茲文學獎）等書之作者。上述二書繁體中文版皆由謝瑤玲翻譯，自由之丘於 2014 年出版。

11　《鬥陣俱樂部》（Fight Club，曾改編成同名電影；繁體中文版由余光照翻譯，麥田出版社於 2012 年出版）、《惡搞研習營》（Haunted，繁體中文版由景翔翻譯，小異出版社於 2008 年出版）、《隱形怪物》（Invisible Monsters，繁體中文版由黃涓芳翻譯，尖端於 2011 年出版）等書作者。

12　垮世代教父，《裸體午餐》（Naked Lunch）一書作者。本書曾獲《時代周刊》選為 1923-2005 年英文百大小說，並改編為同名電影。繁體中文版由何穎怡翻譯，商周出版社於 2009 年出版。

13　美國非洲文學重要作家，1993 年諾貝爾文學獎得主。已出版之繁體中文版書籍有：《最藍的眼睛》（The Bluest Eye，曾珍珍譯，台灣商務於 2007 年出版）、《蘇拉》（Sula，李秀娟譯，台灣商務於 2008 年出版）、《所羅門之歌》（Song of Solomon，陳東榮譯，台灣商務於 2008 年出版）、《黑寶貝》（Tar Baby，梁一萍譯，台灣商務於 2011 年出版）、《寵兒》（Beloved，何文敬譯，台灣商務於 2003 年出版）、《爵士樂》（Jazz，潘岳、雷格譯，台灣商務於 2003 年出版）等書。

14　美國華納兄弟旗下公司之一，全名 Detective Comics，擁有超人、蝙蝠俠、神力女超人、閃電俠等超級英雄角色。

15　十四世紀英國文豪喬叟（Geoffrey Chaucer）之代表作，為一韻詩體之故事集。

4/5/6

4/5/6 這條地鐵線可以帶你進入夢想並讓小說情節成真的地方。在上東區（Upper East Side）選一個現代蓋茲比[1]（Gatsby），在中央車站（Grand Central Terminal）找一個當代荷頓[2]（Holden Caulfield），或者在下一班駛離南方碼頭[3]（South Ferry）的船上搜尋你自己的莫比·迪克[4]（Moby Dick）。誰知道呢？說不定你能跟夢想中的男子共進個第凡內早餐[5]。

#DontGoLightlyOnMe[6]（粗暴一點沒關係）

---

1 史考特·費茲傑羅（Scott Fitzgerald）小說《大亨小傳》（The Great Gatsby）中的富裕男主角。

2 沙林傑（J. D. Salinger）小說《麥田捕手》（The Catcher in the Rye）中的男主角。

3 紐約地鐵一號線的南方終點站，可由此搭乘渡輪前往參觀自由女神像。

4 赫曼·梅爾維爾（Herman Melville）小說《白鯨記》（Moby Dick）中的白鯨。

5 《第凡內早餐》（Breakfast at Tiffany's）為1961年上映的美國電影，由奧黛莉·赫本（Audrey Hepburn）主演。

6 此為仿英國詩人狄倫·湯瑪斯（Dylan Thomas）詩句 Do not go gentle into that good night.

華爾街
Wall Street

6號列車也許老舊疲乏，但我在這趟深夜復古之旅卻捕捉到鮮活有力的臉孔。這位華爾街帥哥掌著夜燈，因為金錢不會沉睡……我們也不會。

#StocksAndBondage（股票性奴）

● 布魯克林橋–市政廳
Brooklyn Bridge—City Hall

嘿！陌生人～你沒要去哪兒卻打扮得一身白是在做什麼？讓我牽起你的手，一起走到市政廳去，然後給你個名份，如何？別擔心，儀式很快就會結束，因為我已經開始在籌畫蜜月行程了。

#ConsummationStation（洞房之站）

布里克街
Bleecker Street

在去找朋友喝酒的途中，我看見這位加州夢幻男子，下巴便合不攏了。也許是因為他結實的手臂，也可能是因為那件充滿熱帶風情的印花衫，總之他看起來就是一整個白天衝浪，夜晚盡情暢飲浪板啤酒（Longboard Lager）的類型。我相信他對展示某些特殊的衝浪技巧沒問題，只好奇他會不會站在板頭衝浪[7]。

#Inches（尺寸）

#ThatsWhatItMeansRight?（是這意思沒錯吧？）

7　原文為 hang ten，是一種進階衝浪技巧──衝浪者站在長浪板板頭，以十隻腳趾頭扣緊浪板，並將身體重心往後挪的衝浪方式。在此暗喻一種性愛姿勢。

○ 街—聯合廣場
14th Street–Union Square

這也許不是個能坐下來閱讀的好地方，但似乎也沒人抱怨。雖然他不怕出現在不適當的場合，我們還是應該另覓他處（好讓我們私下相處）。不過在這種有需要的時刻，怎麼就沒有空車廂哩？#ImTheConductorNow（現在我是列車長）

33街
33rd Street

這買一送一是專屬我的優惠。我不需要等到半價時段（happy hour），因為這二位帥哥已經讓我愛到醺醺然了。我要如何在後方的業務帥哥和前方的派對先生之間做出抉擇？或也許……我不用選？畢竟二人不樂 [8]。

#AndThreesAParty（三人狂歡）

8　原文 two's a crowd 與其後之 three's a party 出自俗語「two's company, three's a crowd」（兩人成伴，三人不歡），意指二人相處時可以好好放鬆，並享受彼此的陪伴，但若多了一人，自在的程度就會減少。

聖派翠克主教堂
St. Patrick's Cathedral

如果上帝在教堂前的階梯上安排了這樣的餌，必定是為了要吸引我上教堂。如果不用擔心馬拉松式的告解，我已經準備好承認眼前的天使讓我腦中產生的萬般思緒。是說，不是得先弄髒了才需要清洗嗎？

#SqueezeMePleaseMeThenFebrezeMe
（壓著我取悅我然後一起沖澡澡）

○ 86街
86th Street

老天爺呀！這男的根本是高中時期夢中情人的模板：一張帥臉、舞會王子的髮型，還有曲棍球校隊隊長的身材。我打賭他對板凳區下方「那一區」不陌生。我只希望他不會忙到無法去上家政課，因為我打算把扣子全都扯掉。

#LikeItsPromNight（根本舞會之夜）

125街
125th Street

根據這帥哥燙得一絲不苟的西裝來判斷，他一定是個把生活過得極有條理的人。我腦海中浮現一棟電梯華廈，廚房裡的東西收納得整整齊齊，衣櫃裡的衣服則依顏色分類。說不定他連床罩都折得好好地。只要他家的布製品紗支數比我的銀行存款數字高，何樂而不為。

#ThreeFigures（三個位數三種姿勢）

161街—洋基球場
161st Street–Yankee Stadium

當我正急沖沖地跑下樓梯，趕赴已經遲到的球賽時，就是這大男孩讓我急踩剎的。真沒想到在球場外會看見如他般的體育迷。那瞬間我不再關心球場上的賽事，我只在意得他的分。也許他不是球員，但他今晚一定到得了三壘。

#AndWavingHimHome（還要送他回本壘）

♥ 28,709 likes   💬 1,415

hotdudesreading 他的書也許被折得不成書樣，但他的臉就是美好。他看起來就像即將在中央公園演出莎士比亞的戲劇 [9]，我非常樂意當茱麗葉，與他演出對手戲。謝天謝地，他聽不到我腦中獨白。

#MontagueMe （解構我再重新組合）

#hotdudesreading（閱讀型男）

字裡行間：
與強・J——又名「羅密歐」(Romeo)——對談

HDR：被我們拍到時，你正在讀甚麼書？

JJ： 約翰・柏金斯（John Perkins）寫的《經濟殺手的告白》[10]（*Confessions of an Economic*）

HDR：你的職業是？

JJ： 我在中城（Midtown）一家工程設計與諮詢顧問公司工作。我是機械工程師。

HDR：每個人都有個原點……你最喜歡的童書是哪一本？為什麼？

JJ： 《牧羊少年奇幻之旅》[11]（*The Alchemist*）。聖狄雅各是個充滿好奇心且勇敢的男孩，鍥而不捨地尋找「可能性」。《牧羊少年奇幻之旅》講述以熱誠與決心追求個人成長，以及獲得較高自覺的故事，讀來令人興奮不已。當我還是小男孩時——甚至持續至今——我知道自己和聖狄雅各有相同的想法、問一樣的問題、追求一致的目標。

---

9 自 1962 年起，紐約公眾劇場（The Public Theater）每年夏季在紐約中央公園都會舉辦莎士比亞戲劇節（Free Shakespeare in the Park），所有演出均可免費索票欣賞，知名影星梅莉史翠普、安海瑟威、艾爾帕西諾等，均曾參與演出。

10 中文版由戴綺薇翻譯，2007 年由時報公司出版。

11 保羅・科爾賀（Paulo Coelho）著，繁體中文版由周惠玲翻譯，時報出版社出版。

HDR：你最愛的書或作家是？為什麼？

JJ： 荷姆‧希克曼（Homer Hickam）的《火箭男孩》[12]（*Rocket Boys*）。希克曼 60 年代初期在西維吉尼亞州（West Virginia）的礦城長大。即使看似毫無機會，他仍走上與眾人相背的路，成為美國國家航空暨太空總署（NASA）的工程師。荷姆擁有堅定不疑的決心與持續不懈的勤奮，是我窮一生之力努力追求的典範。

HDR：你真的是很老派的人啊！（超帥！）是甚麼原因讓你選擇紙本書，而不是 Kindle 或其他數位閱讀平台？

JJ： 有時古法是最好的。

HDR：無論男性或女性，你覺得能讓一個人看起來最性感的讀物是？

JJ： 懸疑、恐怖、科幻小說、心理學類圖書⋯⋯任何需要智力與想像力的讀物。豐富且不受限的想像力讓生活中的一切有趣，也許危險，但，更重要的是，遠離乏味。

HDR：精裝書或平裝本？

JJ： 既然我們正使用雙關語⋯⋯我會說自己依據情況作選擇，視主題、持續時間以及閱讀頻率而定。

HDR：請告訴我們當你初次看見自己出現在 @hotdudereading 的帳號中時有甚麼感覺？快！

JJ： 我記得當時覺得困惑。有好幾個朋友寄螢幕截圖給我，還譴責我在 E 線電車上裝模作樣，向年輕人們推銷閱讀。

HDR：出現在我們的帳號裡是否讓你的生活有所改變？

JJ： 我媽一直要我利用新「能力」交個女朋友，然後共組家庭穩定下來。

HDR：你有沒有因此而獲得約會的機會？發展出長期關係？嗯⋯⋯我的意思是，你還單身嗎？你願意跟我約會嗎？

JJ：　老實說，完全沒有，我仍然單身。幾點去接你好？

HDR：差不多的問題。你利用過出現在 @hotdudesreading 上的照片釣女人
　　　／男人嗎？幾次？

JJ：　從來沒有過。我討厭自吹自擂。

HDR：老實說，你朋友有沒有因此而發展出性關係？

JJ：　先生女士們，沒有。現在說這些都還言之過早。

HDR：延續前一個問題，你能確定我們做的是可以激起人類天生的慾望的
　　　事嗎？

JJ：　當然。你們為值得注目的男士助攻、向全世界推廣課外／閒暇閱讀，
　　　也提供女孩兒與年輕女士們選擇男朋友的新標準。我認真覺得你們
　　　做得很好！

12　本書出版於 1998 年，為荷姆的傳記式小說，講述在礦城長大的男孩為追求夢想而努力成
　　為航太總署工程師的過程。曾獲選為紐約時報（The New York Times）的 1998 年度好書，亦
　　為文學公會（Literary Guild）讀書俱樂部和每月一書俱樂部（Book of the Month Club）的
　　本月選書，同時被國家書評協會（National Book Critics Circle）提名為 1998 年的最佳傳記。
　　1999 年環球影業以其易位詞《十月的天空》（October Sky）發行電影，同名書籍《十月的
　　天空》由陳可崗翻譯，天下文化於 1999 年出版。

B/D/F/M

B/D/F/M 這條地鐵線就像是充滿各種氣味的評茶室（tasting room）。你可以在埃瑟克斯（Essex）挑一個粗獷的下東區（Lower East Side）藝術家，或者，如果你想要濃郁的口味，可以在洛克菲勒廣場 30 號（30 Rock）找到穿灰色西裝的帥哥。無論是哪一種，你肯定能找到讓心靈平靜的事物。

#IllTakeASixPack（我要選六塊肌）

● 96街
96th Street

這個超級大帥哥讓我腦中出現諸多調皮的點子。他斜倚桿子的模樣，讓我懷疑他是不是即將為車廂眾人重現《舞棍俱樂部》（Magic Mike）的場景。幸好我獲得前排座位，而且有夠多的一元鈔票可以塞給他。

#MeetMeInTheChampagneRoom （到包廂去找我）

#JustOneMoreSong （再唱另外一曲）

● 72街
72nd Street

由於只顧著看這位肌肉精實的帥哥，我幾乎沒注意到這班車過去五分鐘內都沒有前進。從他的破褲來判斷，我可以想像這男人衣服下的模樣，而且渴望看到更多。幸好他是個不在意小磨損的人，因為我可不是裁縫的料。

#ButIdStillThreadHisNeedle（但我仍然會在他的針上穿東西）

● 布萊恩特公園
Bryant Park

當我發現身旁這位帥哥時,差點沒被自己
的午餐噎死。但若他可以用哈姆立克法
(Heimlich)救我的話,即使瀕臨死亡也
值回票價。我心裡有幾招可以用來報恩的
方法。

#MoreLikeHeimLICK[1](舉例:貓的報恩)

---

[1] lick 為舔、舐之意,HeimLICK 與哈姆立克(Heimlich)諧音。

○ 麥迪遜廣場公園
Madison Square Park

在這座都市最好的漢堡店裡時，我通常是垂涎三尺地看著林林總總的肉類，但這位男士讓我大大的分心了。他看起來準備在公園裡度過一個悠閒的午後，而我希望這塊上等的鮮肉想要有人陪。在比較我們對最愛作家的筆記，以及散完步過後，也許我們可以共享個一、二塊餡餅。

#WaitTillHeSeesMyBuns（待他見過我美臀堡之後）

● 百老匯─拉法葉街
Broadway–Lafayette Street

這隻專注的狐狸似乎根本沒注意到正在他身旁的即興演出。我想知道得花多久才能分散他的專注力，也許賣弄我的「胴管樂」演奏技巧？還是撥弄一下他另一把小提琴[2]？無論哪一種，我的表演都會以「起立鼓掌[3]」一次作結。

#OrTwo（或者二次）

2　原文 fiddle（小提琴）在俚語中有男性生殖器之意。

3　原文 Standing O，有高潮之意。

帝蘭西街─埃瑟克斯
Delancey Street–Essex Street

號外！號外：F 線列車又誤點嘍。但就這一次，我不介意 (愛心) 這麼一來這位帥哥就會有更充裕的時間放下書來跟我搭訕之類的。他很快就會知道有些事值得等待的——例如《權力遊戲》[4]（*Game of Thrones*） 的下一集、最新的 iPhone，以及婚前禁慾。

#OrSoTheySay（大家都這麼說）

#WhoTheHellAreThey?（天殺的大家是誰啊？）

4　2011 年 4 月於 HBO 開播的電視連續劇，第六季於 2016 年 6 月播畢，第七季於 2017 年 7 月播映。

○ **展望公園**
Prospect Park

帶著孩子的男人——根本讓人沒有招架之力阿！這
如夢般的男人也許名草有主，但誰說我不能瞄一
眼？他根本集所有美好於一身：時髦、寶寶，還有
好身材。我該站起來去繞一繞，找個自己的男人了。
這裡被叫做展望公園不是沒道理的。
#GonnaBeALongStroll（好像要走一段時間了）
#BroughtMyWalkingShoes（還好我帶了健走鞋）

教堂大道
Church Avenue

這列車上沒有空調？但我想問題應該不在這。眼前有這位帥哥，愈熱愈好。我猜再升個二度左右，他就會脫掉背心，或者，我會因為慾火焚身而暈厥。我保證我會。

#StayCool（保持冷靜）

#YouGotThis（你懂的）

#MaybeNot（或也許不懂）

#SendHelp（SOS）

● 國王高速公路
Kings Highway

我不確定是這位迷人的男士，或者是他身後的垃圾堆使我腿軟，不過這就是選擇走進一列擁擠的地鐵空車廂所要承擔的風險。門開的那一刻，我絕對立馬滾下車，而且你最好相信我會把他帶走。

#NotHotDudesLeftBehind（絕不把帥哥拋在身後）

說到自由落體，我從來都不敢嘗試，膽子小的很！但看來我找到完美的壯丁可以幫助我克服恐懼了。有他在我身邊，我就不會在科尼島樂園裡過度扭曲身體，然後摔死。一眼瞬間，我們就會玩遍門票上所有的遊樂設施，然後回家搭乘另一種刺激的設備。

#HesGoingToWantASeasonPass（他會想得到月票）

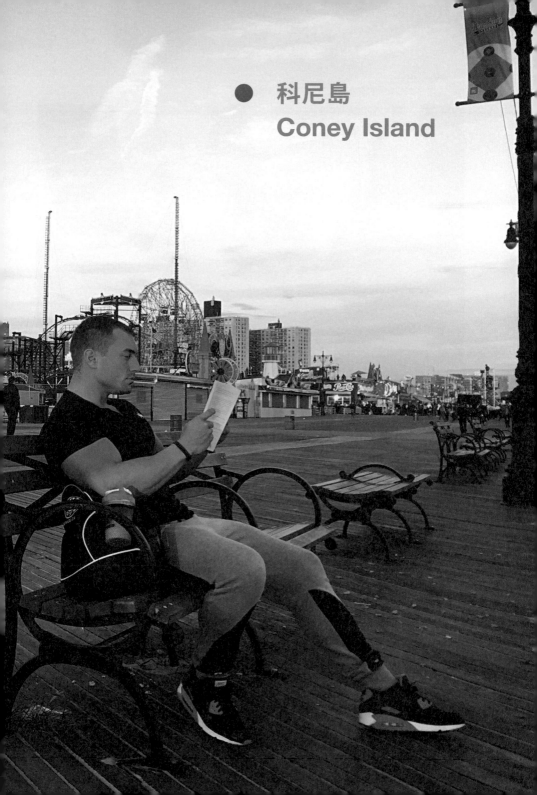

科尼島
Coney Island

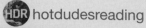 hotdudesreading   July 7, 2015

♥ 35,691 likes   💬 1,610

hotdudesreading 我喜歡穿著有型的男士，而眼前這一位看起來是剛從離開時裝周伸展台走下來的超模。我努力壓抑內心的少女粉絲慾望，但又想像個在「一世代」[5]（One Direction）演唱會裡的迷妹一樣，努力擠向前去要簽名。真希望我可以有讓他簽名的地方。嗯……讓人家來好好想想。

#PutYourHancockOnMe（簽在我身上）#NYFWM（紐約男士時尚周）

#hotdudesreading（閱讀型男）

字裡行間：

與維克多·R——又名「紐約時裝周模特兒」(New York Fashion Week Model) ——對談

HDR：**被我們拍到時，你正在讀甚麼書？**

VR： 是本奇怪的書。我當時正在讀大衛·里秋（David Richo）寫的《回歸真我：心理與靈性的整合指南》[6]（*How to Be an Adult: A Handbook on Psychological and Spiritual Integration*）。

HDR：**你的職業是？**

VR： 以當模特兒和演戲維生，還有個九歲的兒子。我也是詩人，同時想成為攝影師。

HDR：**每個人都有童年……你最喜歡的童書是哪一本？為什麼？**

VR： 麥瑟·梅爾（Mercer Mayer）寫的《衣櫃裡的噩夢》[7]（*There's a Nightmare in My Closet*）。書裡的男孩敞開心扉面對自己的恐懼，並且與之為友。

HDR：**你最愛的書或作家是？為什麼？**

5　2010 年出道的英國男子偶像團體，曾於 2012 年倫敦奧運閉幕式中表演。

6　中文版由楊語芸翻譯，2012 年由啟示出版社出版。

7　目前無中譯本，書名由本書譯者暫譯。

VR： 現在最愛的書是理察 · 巴哈[8]（Richard Bach）的《夢幻飛行》[9]（*Illusions: The Adventures of a Reluctant Messiah*）。而最愛的作者是卡里 · 紀伯倫（Kahlil Gibran），非常欣賞他的風格。他的作品裡有惠特曼[10]（*Whitman*）和舊約聖經（*the Old Testament*）的精華。

HDR：你真的是很老派的人啊！（超帥！）是甚麼原因讓你選擇紙本書，而不是 Kindle 或其他數位閱讀平台？

VR： 紙本書是真實的。我自己也寫作，包括詩在內，因此我尊敬這過程。數位圖書感覺起來太簡單了。沒錯，我確實了解數位也是一種藝術形式，在出版平台上有一定的地位。但我就是喜歡離開螢幕休息一下，感受紙頁、拿起書籤，並且從我上次停下來的地方繼續讀下去。我整天都拿著電話收電子郵件、講電話，還有其他並非用心從事的活動，所以，拿起書對我來說既是休息，也是探索。

HDR：無論男性或女性，你覺得能讓一個人看起來最性感的讀物是？

VR： 任何能拓展人的意識的讀物。孩子的回家作業、勵志類圖書、詩、論文、心靈療法、點字書、玄學、藝術、如何製作□□模型、說明書，任何能讓你有所成長的讀物都可以。任何能讓你發現自我、探索喜好、檢視慾望，而且明瞭自己的人生目標以及被安放在這星球的目的何在的讀物。

HDR：精裝書或平裝本？

VR： 為何這聽起來像是私密的問題啊（笑，我必須說我喜歡柔軟，但非常非常厚的平裝。

HDR：請告訴我們當你初次看見自己出現在 @hotdudereading 的帳號中時有甚麼感覺？快！

VR： 為何我沒發現偷拍我的忍者？……為何我的長褲讓我看來瘦得很詭異？……是誰讓我穿著這條長褲就出門？……為何我那樣坐著？……坐我旁邊的那位女士為何臉這麼臭？……為何我的包包那麼開？……為何我的帽子離我的頭那麼遠？……我討厭刮鬍子。當我看到這張照片時，有好幾個問題跳出腦海。還有，無論是誰寫了這張照片的敘述，真的可以來跟我要簽名。

HDR：**出現在 @hotdudereading 裡是否讓你的生活有所改變？**

VR： 我不覺得生活因此改變。我朋友覺得我被拍到很滑稽，所以這張照片開啟了好幾次有趣的對話。我看到這照片下方有很多好笑的回應，還有 34758 個讚。這真的很瘋狂，畢竟我只是在地鐵上看書而已。

HDR：**你有沒有因此而獲得約會的機會？發展出長期關係？嗯……我的意思是，你還單身嗎？你願意跟我約會嗎？**

VR： 我不確定自己因此得到約會的機會。也許在 Instagram 上還滿紅的，但沒有發展出長期的關係。我還單身。我甚至不知道你是男是女，或是來自柬埔寨的小孩，我所知的只有你能使用電腦。說不定你正在坐牢？我剛分手，正在療傷。但很快就會重回戀愛市場的。

HDR：**差不多的問題。你利用過出現在 @hotdudesreading 上的照片釣女人／男人嗎？幾次？**

VR： 從來沒有過。我該試試嗎？

HDR：**老實說，你有沒有因此而發展出性關係？**

VR： 自慰算嗎？

HDR：**延續前一個問題，你能確定我們做的是可以激起人類天生的慾望的事嗎？**

VR： 你們在做善事。也許我應該把這張照片印成海報在城裡發送，或是印在 T 恤上？

8　《天地一沙鷗》作者。

9　中文版《夢幻飛行》由王石珍翻譯，方智出版社於 1991 年出版。

10　華特 · 惠特曼（Walt Whitman，1819~1892），出生於紐約的美國詩人，其代表作品為《草葉集》。

G

G 線列車也許很慢，但一旦你上了車，它會使你不斷晃動——就像在這車上的男人。假設這些布魯克林帥哥們擁有極大的耐心，而且知道等待的好處是萬無一失的。畢竟特快列車也許有趣，但……（我不敢說）。

#IDontWantNoOneMinuteMan（我不想要不到一分鐘的男人）

● 法院廣場
Court Square

喔啦啦。你們有注意到這位正在讀法文書的帥哥嗎？（為他神魂顛倒）除了親吻和麵包之外，我唯一知道的法文是：「你願與我共度春宵嗎？」我是不太確定這句話真正的意思，但如果紅磨坊的女孩覺得有用的話，我相信也能在我身上產生魔法的，是吧？

#GiuchieGiuchieYaYaDaDa[1]

1　此為英文歌曲 Lady Marmalade 之歌詞。原唱為 Patti LaBelle，電影《紅磨坊》曾翻唱此曲。

綠點大道
Greenpoint Avenue

我知道搭 G 線列車穿越布魯克林的話會看見一些非常帥的鬍鬚男，但眼前這位超越我期待。他看起來更適合在我們卡次基爾 [2]（the Catskills）的小木屋砍木頭，然後用當天釣到的魚烹調一頓美味的晚餐。

#BaitAndTackleMe（裝上餌來釣我吧）

2　位於哈德遜河以西，距紐約市不遠的山區，為紐約州度假勝地。

法拉盛大道
Flushing Avenue

快來看這位正在讀《他人的錢財》[3]（*Other People's Money*）的帥歷史學家。我剛好是這領域的專家，可以邊喝酒邊教會他所有必備知識——接著，一邊吃晚餐一邊教他；還有，早上邊吃蛋和鬆餅時也是。

\#OverEasy[4]（流汁的蛋）

\#HeButterNotBisQuick[5]（最好不要流出來）

3　原作者為約翰・凱（John Kay），2015 年九月出版，目前無中譯本。

4　over easy egg 為二面皆煎至半熟、戳下去蛋黃汁液會流出來的荷包蛋。

5　Bisquick 為萬能鬆餅粉品牌，可用以快速製作鬆餅、餅乾。此主題標籤（#hashtag）中的 butter（奶油）not 應為 better not（最好不要）之諧音。除了「生氣」一義，bisquick 在英語的俚俗用法中亦有男性射精之意。

富爾頓街
Fulton Street

這位男士散發出一種貼心氣質,讓我覺得即使有陌生人睡在他肩上,他也不會叫醒對方。也許我應該滑到他身邊去,然後⋯⋯我看還是先不要好了,那樣太過分了點,是吧?
#SoICreepYeahhhh[6](所以我慢慢地移動)

6　此為美國女子合唱團 TLC 之歌曲 Creep 中之歌詞。

卑爾根街
Bergen Street

我打賭這位衣著整齊發亮而且有型的布魯克林帥哥知道從綠點（Greenpoint）到郭瓦納斯（Gowanus）之間所有熱門景點。也許我應該假裝迷路，然後問他在哪一站下車好——他似乎知道如何找到正確的 G 點。

#GetYourMindOutofTheGutter（別想歪了）

第四大道─第九街
Fourth Avenue–9th Street

軌道在這位弗雷特[7]（Follett）書迷後方無盡綿延的模樣，讓我有種想冒險的感覺。不知道他是否願意只帶著我和一張歐洲火車通行證（Eurail pass）就動身前往真實人生中的聖殿[8]（Pillars of the Earth）。寶貝，不用帶換洗衣物——因為我剛快速盤算過了，我們不需要衣服。

#IHaveEnoughBaggageForUsBoth（我的東西夠我們二個用了）

7　肯‧弗雷特（Ken Follett），英國作家，1949 年生。長於歷史與懸疑小說，曾以《針之眼》（Eye of the Needle）一書獲由美國推理作家協會（The Mystery Writers of America）所創辦的愛倫坡獎。

8　《上帝之柱》（The Pillars of the Earth）為弗雷特最暢銷的小說，背景為 12 世紀的英格蘭，故事以一座哥特式教堂為中心發展，呈現歷史、教會和家族間的拉扯，以及為爭奪權力而產生的諸多人性布局。

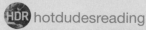
hotdudesreading April 27, 2015

♥ 28,594 likes 💬 661

hotdudesreading 我得費盡全力，才有辦法以內在力量阻止自己在這位運動型男面前把腿張開。不過，就這麼一次，我會好好坐著，想像他在刺激的足球賽後換下球衣的樣子，然後等他跟我眉目傳情。如果他的實力跟我想像中一樣好，很快地我們就能玩真的。
#LifeGoooaaalll!!!（終生目標）#hotdudesreading（閱讀型男）

字裡行間：

與強 · G——又名「足球小壞壞」(soccer stud) ——對談

HDR：被我們拍到時，你正在讀甚麼書？

JG：　丹尼爾 · 康納曼（Daniel Kahneman）寫的《快思慢想》[9]（*Thinking, Fast and Slow*）。

HDR：你的職業是？

JG：　我經營叫做「桃紅當道」的公司（Peach Rise Athletic (@peachrise)），專賣運動服。我也在曼哈頓的 Equinox[10] 擔任個人運動教練。

HDR：每個人都有童年……你最喜歡的童書是哪一本？為什麼？

JG：　我以前很喜歡莫里斯 · 桑達克（Maurice Sendak）的《野獸國》[11]（Where the Wild Things Are），因為他帶我進入一個完全不同的世界。我喜歡這類型的書。

9　中文版由洪蘭翻譯，2012 年由天下文化出版。

10　美國連鎖健身運動中心，亦設計販售適於登山、徒步旅行、泛舟……等戶外活動的服裝配備，目前由杭誠股份有限公司代理進口。

11　中譯本由漢聲雜誌社於 2010 年翻譯發行。

HDR：你最愛的書或作家是？為什麼？

JG： 老實說，我喜歡的書和作家變換得很快。最近我喜歡赫曼‧赫塞的 Herman Hesse）的《流浪者之歌》（*Siddhartha*），這本書絕對是經典，而且毫無疑問地，也是一部偉大的作品。

HDR：你真的是很老派的人啊！（超帥！）是甚麼原因讓你選擇紙本書，而不是 Kindle 或其他數位閱讀平台？

JG： 我無法屈從於數位閱讀的潮流。數位閱讀是很好的概念，但不適合我。

HDR：無論男性或女性，你覺得能讓一個人看起來最性感的讀物是？

JG： 我喜歡女生可以跟我討論偉大作品中充滿智慧的主題，或者能更進一步對書中所提的概念產生疑問。如果你很迷《格雷的五十道陰影》（Fifty Shades of Grey），那麼，很抱歉，我不會想套上那戒指。

HDR：精裝書或平裝本？

JG： 平裝本。

HDR：請告訴我們當你初次看見自己出現在 @hotdudereading 的帳號中時有甚麼感覺？快！

JG： 真的很有趣。我的朋友悉尼是第一個寄螢幕截圖給我的，之後大概又有 10 到 15 個人打電話給我或寄照片給我。我的第一個念頭是：「馬的！這照片幾天內就得到 17,000 個讚！真希望他們可以在這張照片上貼我和我公司標籤。」

HDR：出現在 @hotdudereading 裡是否讓你的生活有所改變？

JG： 剛知道時，女士們可能會以挖苦的語氣說：「這種事當然會發生在你身上。」所以，@hotdudereading，謝謝你們囉！除此之外，我也因為當時正在讀的書被取笑，但現在已經進入全新境界了。所以，@hotdudereading，謝謝你們囉！

HDR：你有沒有因此而獲得約會的機會？發展出長期關係？嗯⋯⋯我的意思是，你還單身嗎？你願意跟我約會嗎？

JG： 沒有約會，沒有長期關係。你可以說我交遊廣闊。我可以跟你約會，但問題是沒人知道你是男是女，所以我持保留態度。

HDR：差不多的問題。你利用過出現在 @hotdudesreading 上的照片釣女人／男人嗎？幾次？

JG： 遇到愛讀書的女生時，這張照片超受用。

HDR：老實說，你朋友有沒有因此而發展出性關係？

JG： 你們在我的照片下方說我是個足球選手。為了回答你的問題，我現在喜歡看女子足球賽。

HDR：延續前一個問題，你能確定我們做的是可以激起人類天生慾望的事嗎？

JG： 是的。願上帝保佑你們的靈魂。

J/Z

無論坐幾趟 J/Z 線的車我都覺得不滿足，因為這是唯一一條我可以在自然光中看帥哥看個夠的線。高架軌道提供相當好的都市風景、很少擠滿人、而且終點站在寬街（Broad Street）。你想知道我還喜歡哪些寬廣的東西嗎？

#SpoilerAlert（破梗）

#NotTalkinBoutShoulders（我說的不是性對象）

● 伍德黑文林蔭大道
Woodhaven Boulevard

艾瑞克[1]、賈斯潘[2]、菲利浦[3]。是我們從小時候就認識的王子[4]。在我眼前,再也沒有其他的王子可以跟這真實生活中的王室成員相比。無論他出現在哪一則故事裡,我都願意一讀再讀。只不過,在目前這個版本中,我會擁有主導權——抓住他堅實的身體,像乘坐王子的駿馬一般——騎在他身上。

#ItsMYHappyEnding(這是我幸福快樂的結局)

1　迪士尼動畫《小美人魚》中的王子。

2　奇幻小說《納尼亞傳奇》中的王子。

3　迪士尼動畫《睡美人》中的王子。

4　原文為 The Artist Formerly Known As,源於美國 1980 年代流行樂代表人物之一的王子(Prince)的改名事件:王子在 1993 年至 2000 年間,將藝名改為男性與女性符號相扣的新符號,因無法發音,因此被稱為「The Artist Formerly Known As Prince」(那個曾經被稱為王子的藝人)。

◯ 莫爾圖大道
Myrtle Avenue

我在通勤時看過這位憂鬱的單身男士好幾次，但他身後的彩繪玻璃在瞬間讓我對他有了不同的想像。我在腦中描繪那雙靴子換成牛津鞋、那件夾克換成黑色小禮服、笑容滿面的爸爸帶我走過紅毯的景象。希望沒人喊「我反對」。

#WaitNotYou（等等！不是你！）

#YoureTheGroom（你是新郎）

#QuickLockTheDoors（快把門鎖上）

休斯街
Hewes Street

大家都說晚上獨自一人走在紐約街上得非常小心。但因為我邂逅這位具有騎士風範、正享受夜間閱讀的紳士，所以無所謂。請牽起我的手，引導我穿越黑暗，並且確保我安全抵達家門。

#UnlessYourPlaceIsCloser?（除非你家比較近）

● 瑪爾西大道
Marcy Avenue

夜間過橋時，我總忍不住要想，河對岸的人過著怎樣的生活。看一下這個把扣子扣到頂的帥哥：他看起來天真無邪，但我打賭若扣子全解開，他不會害怕展現自己野性的一面。算他幸運，任何姿勢我都至少願意嘗試一次。

#AlreadyGotMySafeWord[5]（我已經取得通關密語了）

---

5   safe word 為男女床第間密語，只有二人能通。

東河公園
East River Park

這位手中拿著精裝書的肌肉男可能全心浸淫於
《紐約客故事集》[6]（*The New Yorker Stories*），
但他最愛的紐約故事才正要發生呢！事情會這麼
發展的：未來的未婚妻會假裝跌倒來吸引他的注
意力，結果不小心撞斷牙齒。
#ThoNitheToMeethYou（狠膏性忍視泥）

6　原作者安・比蒂（Ann Beattie），中文版由周瑋翻譯、印刻出版社於 2016 年
　　10 月出版第一集，2017 年 4 月出版第二集。

○ **包厘**
Bowery

我一直在為我未來要養的狗兒找爸爸，而這位正在讀《野性的呼喚》（*The Call of the Wild*）的養眼帥哥讓我流口水了。也許不是很有規矩，但來福不會是唯一一個在他走進門時跳到他身上的。只要花些時間、有點耐性，他也許就是能馴服我的那個人。我所需的，就是正向的鼓勵以及一些美味的小點心♥

#AndAGoodBoneToo（還有一根健壯的骨頭）

佛利廣場
Foley Square

城裡這區域有二種人:受陪審團審判的人,以及被迫成為陪審團一員的人。除非令人心碎也是一種罪,我打賭他只是在盡自己的公民義務而已。無論他坐在長椅[7]的哪一端,我知道自己都會支持。

#HungJury(蕩婦陪審團)

---

7 英語 sit on the bench(坐在長椅上)亦有「擔任法官」之意。

寬街
Broad Street

時髦的髮型、厚厚的鏡片，使我以為這位《矽谷群瞎傳》[8]（*Silicon Valley*）裡的當紅炸子雞在從西岸（West Coast）來的路上迷失了。我應該走向他，協助他探索複雜的地鐵網絡，只不過他可能已經為此設計了 app……那也沒關係，我就致力於取得這個程式並使用就好。

#BeforeTheIPO（在公開上市之前）

8　2014 年 4 月在 HBO 首播的喜劇影集。台灣於 2017 年 6 月播畢第四季。

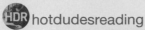 hotdudesreading

♥ 42,848 likes 💬 1,697

hotdudesreading 我說啊！認真的，有比在列車上閱讀的帥哥更讚的嗎？如果是一位藝術史愛好者在複習古典作品？我真的希望他喜歡提香[9]（Titian）更勝於波洛克[10]（Pollock），因為我會自願擔任他的模特兒。

#drawmelikeoneofyourfrenchgirlsjack[11]（史上最性感的模特正是在下） #hotdudesreading（閱讀型男）

字裡行間：

與約翰・F——又名「歷史猛男」(History Buff) ——對談

HDR：被我們拍到時，你正在讀甚麼書？

JF：　《赫茲傳說：電子產品、美感經驗與批判性設計》[12]（*Hertzian Tales: Electronic Products, Aesthetic Experience, and Critical Design*）。

HDR：你的職業是？

JF：　目前的話，我研究軟硬體應用程式開發，以及相關領域的自由業者。

HDR：每個人都有童年……你最喜歡的童書是哪一本？為什麼？

JF：　《紅牆》[13]系列（*The Redwall books*）。中古世紀城堡裡配帶著劍或者類似物品的動物——牠們很帥。

9　義大利文藝復興末期威尼斯畫派的代表畫家。

10　美國抽象表現主義畫家，以其獨創的滴畫著名。

11　此為電影鐵達尼號（Titanic）中女主角 Rose 希望男主角 Jack 為她畫像時所說的台詞。

12　本書作者為安東尼・鄧尼（Anthony Dunne），說明將不可見的電磁運用於日常物件的設計可改善人類住居環境。本書目前無中譯本，書名為譯者暫譯。

HDR：你最愛的書或作家是？為什麼？

JF： 大衛・麥考利（David Macaulay）所創作的《機器為何會動》[14]（*The Way Things Work*）。我爸以前會讀這本書給我聽。這是可以讀一輩子的書。

HDR：你真的是很老派的人啊！（超帥！）是甚麼原因讓你選擇紙本書，而不是 Kindle 或其他數位閱讀平台？

JF： 我從事數位相關工作，所以對我來說，紙本書提供很好的機會讓我能休息一會兒，摸摸實際的物品。

HDR：無論男性或女性，你覺得能讓一個人看起來最性感的讀物是？

JF： 也許是柯夢波丹（*Cosmo*）的《性感讀本》（*Red Hot Reads*）。

HDR：精裝書或平裝本？

JF： 平裝本。

HDR：請告訴我們當你初次看見自己出現在 @hotdudereading 的帳號中時有甚麼感覺？快！

JF： 困惑，然後是一連串的焦慮。然後因為我所有朋友都開始找這張照片，所以我覺得好玩。

HDR：出現在 @hotdudereading 裡是否讓你的生活有所改變？

JF： 現在當我在地鐵上閱讀時，會疑神疑鬼，看著周遭正使用手機的人。

---

13 英國作家布萊恩・雅克（Brian Jacques）所創作的兒童幻想小說，首部發行於 1986 年，全系列共 22 本。目前無中譯本，書名為譯者暫譯。

14 本書為圖文書，介紹各種機械運作的方式。目前無中譯本，書名為譯者暫譯。

7

這條往皇后區的地鐵線是幫你自己找到國王的好地點。也許是一大群體育迷蜂擁前往花旗球場（美國職棒大聯盟紐約大都會隊主場），或者是前往國家網球中心（National Tennis Center）的富家公子哥們。在這條線，要捕獲運動型男是很容易的。也許線可能只有七分，**#ButAllSeeAreTens（但我眼前所見都是十分無誤）**

34街—哈德遜園區
34th Street–Hudson Yards

醫生！醫生！快拉呼叫鈴！有急診需求！我已經準備好躺上床以獲得特別照護。我心跳得好快，而且我非常確定自己需要更仔細完整的檢查。
#OopsThereGoesMyGown（糟了！身上晚禮服一眨眼上哪兒去了）

○ 42街—布萊恩特公園
42nd Street–Bryant Park

每次看見那些剛離開紐約市立圖書館（New York Public Library）而且愛閱讀的帥哥時總是令人開心。他最好快點把這本書讀完，我才可以帶他到圖書館去再借一本。我衷心期待閱讀是唯一一種他會草草了事的活動，因為我非常明白我們應該從哪一部份下手。

#GettingSackedInTheStacks（在書架間翻雲覆雨）

#GoingDeepIntoTheCollection（深度閱讀）

● 中央車站—42街
Grand Central–42nd Street

在尖峰時段的混亂中，他卻能如此冷淡、平靜以及泰然自若？這位沉穩的帥哥一定花許多時間認真做瑜珈，讓禪意內化於心。戰士、鷹、蓮花、我男友——我希望他什麼姿勢都會做，而且直到全都試過之後，我才會離開。

#NamaStayingOver（鳴響之夜）

#MakeHimSayOhm[1]（讓他喔出聲）

1　Ohm 為人進入深度冥想時所發出的聲音。

● 維儂林蔭大道
Vernon Boulevard

為了喘口氣，我從喧囂的都市來到這古典雅緻的皇后區 pub，看見這位令人慾火焚身的帥哥坐在抽菸（炎熱）區。我愛那種有足夠自信自己一個人坐著看書、身旁只擺著一杯啤酒的男人。他在自己的世界裡看起來很自在，但說不定我請這位獨立先生喝個幾輪之後，他就會開始用我的方式看待一切。

#CoDependencyIsCool（自信酷哥很酷）
#NeedyIsNeat（被需要很需要）
#AttentionIsAwesome（受到關注值得關注）

● 82街—傑克森高地
82nd Street–Jackson Heights

就跟那看板一樣，我媽總是告訴我禮貌很重要。在我謝過老天爺把這麼一位秀色可餐的帥哥帶到我面前之後，我會有禮地邀請他跟我喝一杯。如果他夠幸運的話，我會在酒後拋開禮教束縛。

#SharingIsCaring（分享即關愛）

#ProbsNotWhatMomMeant（好喇老媽不是那意思哇災）

ney Island via Manhattan Bridge
nights Ⓝ via Whitehall St & Ⓠ via
e. Other times Ⓠ on opposite trac

34

34

34

DANGER
NO CLEARANCE

To Bay Ridge-95 S
ⓇLate nights take Ⓝ
36 St, Brooklyn fo
lanhattan

N/Q/R

我總是在想以前搭乘 N/Q/R 這條古典地鐵線時
會有某種浪漫的事發生，畢竟你可以在鑽石區
（Diamond District）買了戒指後，搭上這列車到
中央公園（Central Park）去為愛人套上，然後
直接前往市政廳（City Hall）交換誓言，成婚！
#LimoToTheRecepton（通往結婚登記的禮車）
#KeepThatPartitionUp（隔板 ¹ 絕不拉開♥）

---

¹ Limo 為加長型禮車，此車種通常在駕駛座與乘客之間有隔版

DANGER
NO CLEARANCE

● 阿斯多利亞林蔭大道
Astoria Boulevard

N 線列車一開上地面，我便對這位肌肉結實的帥哥瞬間有了不同看法。雖然他外表強悍，但我知道任何閱讀《公主新娘》[2]（*The Princess Bride*）這本書的男人都是鐵漢柔情。希望當我打斷他，問他是否在尋找自己的芭特卡波[3]公主（Princess Buttercup）時，他會告訴我：「如你所願」。#IDoWish（帶我走）

2　本書作者為威廉・郭德曼（William Goldman），目前無中譯本。曾被改編為電影，在台上映之片名為《綠野芳蹤》。

3　Buttercup 原意為「毛茛」（花名）。

49街
49th Street

為了逃離地面上的觀光人潮，尋找能休息的地方時，我走下 49 街地鐵站。我一見到這位瀟灑的帥哥一個人把長椅上二個位置都佔了，就改變原來的想法。我不需要更多空間，我只需要「一個」房間。

#Hotel（旅館）

#Motel（汽車旅館）

#HolidayInn（假日飯店）

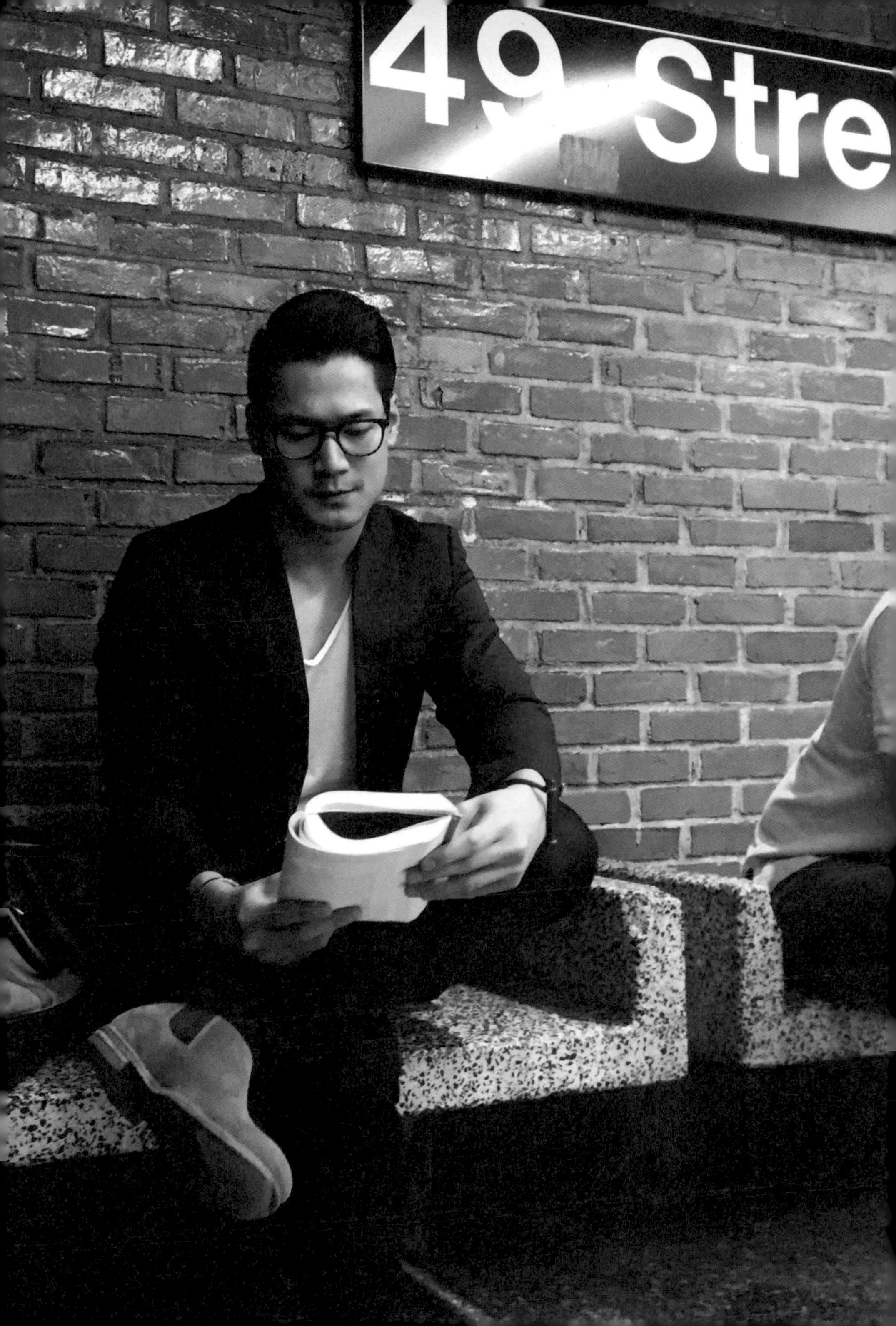
49 Stre

● **34街**
34th Street

這座都市的夏天熱得讓人難以忍受，但如果這位穿著合身西裝的帥哥持續脫掉上衣的話，我就會乖乖閉上嘴了。基本上我喜歡打扮入時的男性，但說不定我可以調高溫度，看看他還能撐多久。#LiteralHotDudeReading（真的是悅讀型男）

● 麥迪遜廣場公園
Madison Square Park

當我的視線落在這位長得很像羅
伯‧派丁森[4]（Robert Pattinson）
的男士身上時，我又活了過來惹。
我想吸血鬼不會在大白天出現，但
他在亮晃晃的日光中確實光彩奪人。
但我確定他在黑暗中會更好看。
#ImHereForTheFangBang（準備好來
場吸血鬼大戰了）

4　英國男演員、模特兒、電影製片、音樂人。出道作品為《哈
　　利波特──火盃的考驗》中的賽德里克‧迪戈里，後來於
　　《暮光之城：無懼的愛》中擔任俊美神秘的吸血鬼男主角
　　而聲名大噪。

○ 王子街
Prince Street

我很好奇：怎樣算緊急狀況？無論如何，我已經打算要假裝暈倒，好抓住這位火辣帥哥的手，將他拉往出口，決不回頭。為了保險起見，我會迅速地將他帶到我的公寓，直到海邊的人潮散去。但他應該知道，今天唯一一起突發事件就是我的暈倒任務。

#UnlessHeAsksMyAge（除非他問我年紀）

● 展望公園
Prospect Park

小徑旁的草地，靠這位帥哥這邊的，真的比較青翠。我真希望他背包裡有一條毯子，因為我超愛在公園野餐。我們可以邊盯著雲邊聊聊喜愛的作家，還可以共享紅酒、起司，以及至少一塊難以下嚥的肉。

#HideTheSalami[5]（把大香腸藏起來喲）

5　有時譯為「義大利香腸」，是一種以風乾豬肉、牛肉或馬肉為內餡的香腸；可以直接搭配紅酒食用。

● 聯合街
Union Street

在對面月台看見這位帥哥之後，我臨時起意，決定來趟賞景小旅行，搭車進城。他看起來就像愛情芭樂劇裡火辣的外籍潛水教練，但我已經開始在腦中為他描摹更刺激的角色。也許是在非洲帶團進行狩獵之旅，或者是穿越澳洲內陸的旅行？我希望他可以在家先做好準備，讓我用雙臂雙腿圍著他，當由加利樹一樣攀爬。

#KoalaFiedLover（無尾熊愛好者）

○ **36街**
36th Street

21 條地鐵線、75 位帥哥、以及四個行政區之後，
我終於被電到了。但⋯⋯他倒也蠻享受的嘛。
#GameOver（遊戲結束）

關於作者

@hotdudesreading 這帳號的創立者是一群很親密的朋友：年輕，在紐約市有自己的專職，從沒想過原來只有自己懂的笑話——對於性感書蟲的不適切幻想——會在 Instagram 上這麼紅。這帳號已經累積數百萬瀏覽次數，紐約時報（*New York Times*）、每日郵報（*Daily Mail*）、BuzzFeed[1]、*Vogue* 雜誌，以及其他許多知名報章雜誌都曾報導過。在引領風潮之後，她們仍舊以某種方式維繫友誼（以及持續型男成癮），因此能夠繼續拍照並在城裡各處追求雙（di-）、人（er）、男人（dudes）。

---

[1] 2006 年由喬納・裴瑞第（Jonah Perretti）在紐約所創辦的網路新聞媒體公司。

國家圖書館出版品預行編目 (CIP) 資料

紐約型男愛讀書 / @Hotdudesreading著；劉品均
　　譯. -- 初版. -- 臺北市：沐風文化, 2017.11
　　面；　公分. -- (Living；2)
　　譯自：Hot dudes reading.
　　ISBN 978-986-94109-7-7(平裝)

874.6　　　　　　　　　　　　106017682

Living 02

紐約型男愛讀書
Hot Dudes Reading

作　　　者　　@hotdudesreading
譯　　　者　　劉品均
責任編輯　　黃品瑜
封面設計　　Maureen
內文排版　　Maureen

發 行 人　　顧忠華
出　　版　　沐風文化出版有限公司
　　　　　　地　址：100臺北市中正區泉州街9號3樓
　　　　　　電　話：(02) 2301-6364
　　　　　　傳　真：(02) 2301-9641
　　　　　　讀者信箱：mufonebook@gmail.com
　　　　　　沐風文化粉絲頁：https://www.facebook.com/mufonebooks

總 經 銷　　紅螞蟻圖書有限公司
　　　　　　地　址：114臺北市內湖區舊宗路2段121巷19號
　　　　　　電　話：(02) 2795-3656
　　　　　　傳　真：(02) 2795-4100
　　　　　　服務信箱：red0511@ms51.hinet.net

排版印製　　龍虎電腦排版股份有限公司
初版一刷　　2017年11月
定　　價　　320元
書　　號　　ML002
I S B N　　978-986-94109-7-7